AF139171

Dieses Buch widme ich meinem Sohn, dessen Name nicht genannt werden darf. Er hat mir gezeigt, das mit Liebe mehr zu erreichen geht als mit Hass.

# Magische Liebe mit Todesfolge

*Eine zauberhafte Liebesgeschichte*

Bibliografische Informationen der Deutschen Nationalbibliothek:

Die Deutsche Nationalbibliothek verzeichnet diese Publikation in der Deutschen Nationalbibliografie; detaillierte bibliografische Daten sind im Internet über http://dnb.dnb.de abrufbar.

© 2015 Markus Zemke

Herstellung und Verlag

BoD – Books on Demand, Norderstedt

ISBN: 9783739208329

# Inhaltsverzeichnis

# ~Nähe~

Der Himmel war in einem warmen, goldroten Schimmer getaucht. Nur einige winzige Wölkchen störten die Idylle. Das Meer glitzerte, als ob es tausende von Sternen geschluckt hätte. Eine lauwarme Brise kämmte den feinen Sand und die nahe gelegenen Bäume. Es war warm, eine angenehme und wundervoll riechende Hitze breitete sich aus. Heuschrecken surrten in der Gegend; der Duft von Strandkamillen und der Akazien stieg in die Luft und umarmte zärtlich einen jungen Mann namens Tom Zecharia Jones, der das ganze Schauspiel mit einer Erleichterung seiner Seele betrachtete. All seine Sorgen und Gedanken waren in diesem Moment wie weggespült, als ob das Meer sie für ihn kurz aufbewahren würde.

Sein halb zugeknöpftes weißes Hemd, der seinen schlanken Oberkörper nur leicht bedeckte und seine kurzen dunkelblauen Shorts flatterten leicht. Er lächelte, während einige Haarsträhnen sein Gesicht kitzelten. Er fühlte eine große Glückseligkeit in ihm hochsteigen, er war zufrieden. Er war in Wahrheit nicht wirklich ein besonders glücklicher Mensch, dafür war sein bisheriges Leben viel zu kompliziert gewesen, aber in diesem Moment konnte er das von sich behaupten. Es gab sowieso keine glücklichen Menschen, sondern nur glückliche Momente, das wusste er. So genoss er es, während er den Dampf des salzigen Meeres und die der Pflanzen tief in seine Lungen zog. Er speicherte all diese Reize in seinem Gehirn ab, wie ein wertvoller Schatz. Er ahnte, dass er womöglich nie wieder so fühlen würde oder nie wieder diesen Ort aufsuchen könnte. Es wartete eine Menge Arbeit auf ihn, dessen Ausgang viel zu ungewiss war.

„Liebling!" ertönte die liebliche Stimme eines Mädchens hauchzart. Tom drehte sich um und lächelte einer jungen Frau zu. Ihre auffälligen purpurnen Haare glitzerten unter der untergehenden Sonne und jedes ihrer Strähnen führte einen eigenwilligen Tanz auf. Unter ihrer weißen und durchsichtigen Bluse funkelte grünlich ihr Bikinioberteil. Ihr hellgrüner kurzer Rock schlang sich beinahe beschützend um ihre Schenkel. Sie hielt lächelnd einige verschiedene Blumen in der Hand und näherte sich ihm mit bedächtigen Schritten.

Tom bewunderte ihre Schönheit. Es war jedes Mal anders. Wenn die Sonne aufging, leuchteten ihre Haare immer feuriger. Manchmal hatte Tom das Gefühl, dass Funken aus ihr sprangen. Wenn der helle Stern am Zenit stand, dann wirkte ihr Kopf beinahe so, als ob sie wirklich unter Flammen stehen würde. Ihre Augen veränderten auch stetig ihre Farbe; mal braun oder mal schwärzlich. Wenn die Sonnenstrahlen direkt in ihre Augen schienen und ihre Pupillen zu einem winzigen Punkt schrumpften, dann hatten sie einen grünbraunen Stich. Ihre Haut hatte in diesem Moment eine goldbraune Farbe, aber Tom wusste, dass am nächsten Tag ihre weiße, sommersprossige, leicht sonnengebräunte Haut ihn anstrahlen würde. Jedes Mal durfte er erneut ihre Schönheit in den verschiedensten Variationen wiederentdecken und er war unendlich dankbar dafür. Er wünschte sich so lange wie nur möglich mit ihr zusammen sein zu dürfen.

Das Mädchen hielt weiterhin die bunten Blumen in ihren Händen und sah Tom direkt in die Augen.
„Ich hab dich vermisst.", begann Tom und jedes seiner Worte entsprach der Wahrheit. Er legte sanft seine Hand auf ihre Wange und vorsichtig glitt er mit seinen Fingern durch ihre Haare.
„Ich war bestimmt keine Minute weg." grinste sie.
„Eine Minute ohne dich, ist eine verlorene Minute." Das Mädchen hob ihren freien Arm und umschloss mit ihren kindlichen Fingern Toms Hand, die gerade dabei war, ihre Haare

zu erforschen.

"Nun, jetzt werd mal nicht kitschig.", lachte sie. Ihr Lachen ließ sein Herz hüpfen.

"Falls es Kitsch ist, wenn ich dir mein Herz beschreibe, so sei´s drum! Dann bin ich die Kitschigkeit in Person.", lachte nun dieses Mal Tom. Lächelnd und verliebt schwiegen sie und forschten sich gegenseitig. Jede Falte, jede Pore, jedes einzelne Härchen betrachteten sie mit purer Neugier.

Das Mädchen mit den scharlachroten Haaren besann sich zuerst.

"Ich habe da was für dich." Mit einer fröhlichen Stimme überreichte sie ihm die Blumen. Tom nahm das kleine Pflanzenbündel mit einem breiten Lächeln an und der Duft schmeichelte seiner Nase.

"Du schenkst mir Blumen?" Mit einer gespielten Ernsthaftigkeit fuhr er fort und hob sein Zeigefinger.

"Das entspricht doch glatt einem Klischee! Ich bin empört! So etwas passt ganz und gar nicht zu dir!" grinste er.

"Eben nicht!" wand sie ein.

"Normalerweise -mein Lieber- schenkt der Mann der Frau die Blumen. Um so etwas zu lernen ist unser junger begabter Zauberer ja zu fein. Die Welt retten kannst du, aber bei solchen Sachen bist du einfach zu lasch!", lachte sie herzhaft. Tom versteckte die Blumen hinter seinem Rücken und das Mädchen musste ihn umarmen, um die

Blumen wieder zurück zu bekommen.
"Gib sie her, ich dachte, du wärst ja sooo empört!"
Wieder zog Tom seine angeblich ernste Maske auf.
"Oh ja, das bin ich. Ich bin maßlos empört!"

Tom umarmte nun ihre Taille und umschlang seine Arme immer enger und fester um sie. Sie war ein Kopf kleiner als er und sie musste sich leicht auf die Zehenspitzen stellen. Sie streichelte mit ihrer Hand seinen Rücken und blieb bei seinem Nacken stehen. Sie umspielte mit ihren kleinen Fingern seine dunklen, dichten Haare und ihre Arme ruhten schließlich auf seinen breiten Schultern. Sie legte vorsichtig ihre Wange auf seine rechte Schulter und schloss die Augen. Tom drückte sein Gesicht auf ihren Kopf und schloss ebenfalls seine Lider.
"Das ist die Ewigkeit! Dieser Moment ist für die Ewigkeit! Dieses Gefühl macht uns geradezu unsterblich!" flüsterte das Mädchen. Tom lächelte zufrieden, denn ihre Worte waren auch seine Gedanken und spiegelten auch seine Gefühle wieder.

Langsam fielen die Blumen aus Toms Hand und bedeckten den sandigen Boden. Das Mädchen schien es gespürt zu haben.
"Die waren für dich!" sagte sie mit ruhiger Stimme.
"Ich habe doch dich! Was kann da schon

schöner sein?"
Das Mädchen kicherte leise.
"Jetzt wirst du aber wirklich kitschig!"
Toms Brust bebte leicht, weil er sein Lachen
nicht unterdrücken konnte.
"Genießen wir doch einfach die Ewigkeit!"
erwiderte er.

"Die Ewigkeit." flüsterte Tom.
"Ich wünschte, ich wünschte.." seine Stimme
zitterte. Das Mädchen umarmte seinen Hals
mit einem noch festeren Griff.
"Pscht! Bitte sag es nicht! Wenn du es nicht
sagst und wenn du es aus deinen Gedanken
verbannst, dann ist es wirklich die Ewigkeit!
Bitte!" Ihre Stimme hatte etwas Flehendes.
Tom bekam ein schlechtes Gewissen und
bereute seine Gedanken.
"Es tut mir leid. Ich, es ist nur so, wir, die
Realität..." stotterte er, aber nun fuhr er
seinen Satz gedanklich fort, weil er fühlte, wie
die Brust seiner Geliebten zu stocken begann.
„Wir werden uns schon bald trennen müssen
und ich werde mich meinem Schicksal stellen.
Das Schreckliche ist, die Wahrscheinlichkeit ist
zu groß und die Hoffnung einfach zu gering,
dass wir alle überleben werden.“

"Du bist 17 und ich erst 16. Wir werden älter
werden. Wir werden unsere Kinder sehen,
vielleicht gar unsere Enkel. Wir werden ein
gemeinsames Leben führen! Das werden wir!
Nur dafür werden wir kämpfen! Für unsere

Zukunft!" So selbstsicher ihre Stimme auch wirken sollte, war sie trotzdem dem Weinen sehr nahe. Ein Schmerz schnürte Tom den Hals zu. Er konnte es nicht ertragen, sie leiden zu sehen. Er hatte vor kurzem gedacht, dass das Meer seine Sorgen wie ein Schwamm in sich aufgesaugt hätte, aber nun waren sie wieder präsent. Er versuchte sich auf die Gegenwart zu konzentrieren und schluckte.

"Was auch kommen mag, wir sollten uns nicht damit quälen, was passieren könnte, wenn dies oder jenes sich ereignen sollte. Falls uns die Zukunft nichts Gutes bringt, werden wir schon genug Zeit haben das Schicksal zu verfluchen. Aber jetzt, jetzt sollten wir den Augenblick genießen." sprach Tom.
Das Mädchen zwischen seinen Armen atmete wieder ruhig weiter.
"Da war doch irgendein Grund, warum ich mich in dich verliebt habe!" lachte sie nun.
Diese Worte wirkten wie Balsam für Tom, als er sie wieder so fröhlich scherzen hörte.
"Bleibe bei mir, Luise! Für immer bei mir!" flüsterte er und küsste ihr die Stirn.

# ~Näher~

Sie wussten nicht mehr, wie lange sie so eng umschlungen dastanden, und das war ihnen auch egal. Es war schon längst dunkel geworden und die Zeit war einfach nur eine äußerliche unwichtige Erscheinung für sie, die nichts mit ihnen zu tun hatte. Im Hintergrund spielte das altbekannte Meer ein altbekanntes Lied. Es rauschte, als ob es die Sinne berauschen würde und hatte eine beruhigende Wirkung.

Tom regte sich und schweigend blickte er seine Geliebte an. Seine leicht schwieligen Hände, die durch manch harte Arbeit zustande gekommen waren, fühlten sich warm an. Er legte sie auf ihre zarten Wangen und spürte das Pochen in ihren Blutgefäßen.
„Du bist nervös?" flüsterte er ihr liebevoll zu.
„Es ist das erste Mal, dass wir zwei so zusammen sind. Verzeih mir, ich habe zwar viel Erfahrung mit Küssen und so, aber sonst? Ich war noch nie mit jemandem zusammen, den ich so sehr liebe. Noch nie war ich mit einem Mann so lange alleine und manchmal..." Sie zögerte.
„Manchmal?" wollte Tom dringend wissen.

„... manchmal kommen mir unanständige Gedanken mit dir." grinste sie leicht verlegen. Tom musste leise lachen.

„Oh!"

„Na ja, sag bloß nicht, du hattest bisher keine Gedanken über -du weißt schon was-?"
Tom lachte nun lauter. Luise wurde neugieriger.

„Was ist? Nun sag schon!"

„Ohooo!" brachte Tom nur wieder heraus.

„Ja.. jaa.. du hast bestimmt schon sehr viel mehr Erfahrung als ich. Ich, ähm, ich hätte ja auch viel mehr Erfahrungen sammeln können, wenn ich es nur gewollt hätte. Aber ich konnte nicht, ich wusste immer, ich habe immer auf dich gewartet. Schon so lange, von Anfang an hab ich auf dich gewartet."

„Ich wäre ein Lügner, wenn ich dies verneinen würde. Natürlich habe ich in meiner Fantasie öfters darüber nachgedacht, wie es wäre, wenn. Es war jedoch jedes Mal wunderschön. Und glaube mir, ich habe nicht besonders viel Erfahrung. Außerdem kommt es auf die Erfahrung nicht an! Du weißt, was das Essentielle für uns ist!"

„Du Schlingel! Du hast es dir also öfters vorgestellt, wie du und ich? Das will ich nicht gehört haben!" gluckste sie.

„Es hat immer gleich angefangen.", begann Tom, ohne Luises Gesicht zu beachten, dessen Farbe in diesem Moment wahrscheinlich sehr gut mit ihren roten Haaren harmonieren müsste.

„Und wie?" fragte sie neugierig.

Luise schloss automatisch ihre Augen und erwartete einen Kuss, doch ihre Lippen blieben unberührt.

Tom hob ihren linken Arm, und fuhr mit seinen Fingerkuppen über ihre Haut. Zuerst streichelte er zart ihre Handwurzel und ganz langsam glitt er ihren Oberarm hoch. Er wiederholte den Vorgang mehrmals und Luise musste jedes Mal mädchenhaft lachen. Es war kein gewöhnliches Kitzeln, ihr ganzer Körper kribbelte und erschauderte vor Lust. Die Tatsache, dass es Tom war, der zart ihren Arm streichelte, ließ ihren Leib noch mehr beben.

Luise legte ihre freie Hand auf Toms Oberkörper, der nur teilweise von seinem halb zugeknöpften Hemd bedeckt war und streichelte ihn. Bei der ersten Berührung zitterte Tom vor Aufregung. Langsam fuhr sie mit ihren Fingern bis unter seine Achseln, die ziemlich warm waren, und betastete schließlich seinen Bauch, der sich bei ihrer Berührung verhärtete.

„Entspann dich! Du brauchst mir nicht zu zeigen, was für einen tollen Waschbrettbauch du hast.", grinste sie.

„Nein, das ist es nicht.", erwiderte er leise.

„Du hast einen wundervollen Körper. Du wirst für mich immer wunderschön bleiben.", beteuerte sie.

Tom schwieg, er war etwas angespannt. Luise beugte sich leicht nach unten und küsste seine Brust und Tom wirkte noch aufgeregter. Sein Atem wurde schwerer und tiefer.

„Ich...", hauchte er.

Tom brachte immer noch kein Wort heraus. Luise umarmte ihn fester, presste sich an ihn und spürte nun, was Tom die Sprache geraubt hatte. Es war etwas, was sich in seiner Lendengegend zur Wort gemeldet hatte.

„Ach, so ist das?" lachte sie.

Tom wurde rot.

„Ist da jemand vielleicht ziemlich nervös? Was meinst du?" Sie fühlte, wie ihr Selbstbewusstsein zunahm.

„Da muss man doch etwas machen! Sollen wir auf Erkundungstour gehen?" fragte sie mit einer frechen Stimme. Langsam glitt sie mit ihren warmen und weichen Händen nach unten und erreichte seinen Hosenbund. Sie öffnete einen kleinen Spalt, legte ihre Handoberfläche flach auf seine Haut, bewegte sie unendlich langsam nach unten und betrat ein fremdes Terrain.

Toms Atemzüge wurden lauter, sein Körper zitterte leicht und seine Muskeln waren alle etwas verkrampft und fest. Seine Brust hob und senkte sich stetig. Luise fand endlich den Übeltäter und massierte ihn, um ihn zu beruhigen. Tom schwieg, seine Gedanken waren abgeschaltet, nur ein einziger seiner

Sinne funktionierte: Er spürte sie. Er spürte ihre heilenden Hände. Vorsichtig fuhr Luise mit ihrer Massage fort.
„Es ist so hart, aber doch so weich.", murmelte sie leise über ihre Entdeckung.

So ganz plötzlich war sie nicht mehr die Schüchterne. Sie hatte keine Angst sondern fühlte sich geborgen. Wie oft hatte sie sich diese Szene ausgemalt und mit hochrotem Kopf wie ein kleines Mädchen zu kichern begonnen? Sie hatte niemals erwartet, dass sie so mutig sein würde, aber alles ergab sich wie von selbst.

Wie viele Male hatte sie sich schon gefragt, was passieren könnte, wenn sie das Falsche tun oder sagen sollte? Wie oft hatte sie sich überlegt, ob ihr Geliebter sie auch verstehen würde? Sie hatte sogar allerlei Ausreden parat, falls etwas schief laufen sollte. Auch Tom erging es in dieser Sache nicht anders. Sie merkten jetzt beide, dass dies alles nur reine Gedankenverschwendung gewesen war. Sie waren nun hier und dachten nicht mehr. Gedanken waren außerhalb dieses Spiels und hatten hier nichts zu suchen.

Der kleine Übeltäter von Tom hatte sich immer noch nicht beruhigt. Eine Massage in dieser Gegend diente eigentlich eher dem gegenteiligen Zweck. Tom strich mit seinen beiden Händen über ihren Rücken, dann befühlte er ihre Hüften und letztlich ruhten sie auf ihren wohlgeformten Hintern. Sie waren sich so nah. Tom atmete ihren Atem ein; ihren Atem, der warm und sanft seine offene Brust erhitzte. Mit seinen langen Fingern umschlang er hinten ihre beiden Rundungen und stupste sie leicht näher zu sich. Luises Hände verließen das neu erforschte Terrain und glitten achtsam wieder zurück zu seinem Bauch.

Tom legte wieder vorsichtig seine Arme um ihre Taille, hielt sie nun noch sicherer in seiner Umklammerung. Er hob sie leicht vom Boden ab und rannte mit ihr los. Luise begann laut zu lachen. Sie war ein ziemliches Fliegengewicht, so dass Tom keine Schwierigkeiten hatte, sie zu tragen. Sie warfen sich gemeinsam in das kühle Nass, so dass es laut platschte. Sie spielten mit dem Wasser, bespritzen sich gegenseitig, wälzten sich im Schlamm und lachten wie kleine Kinder.

Luise lag rücklings auf dem nassen Sand. Tom stützte sich mit seinem Ellbogen ab und beugte sich zu ihr. Das Meer streichelte mit einem Rauschen ihre Füße und zog sich zurück, um gleich wieder erneut ihre Füße zu kühlen. Tom wusch den Sand und die Haarsträhnen aus ihrem Gesicht. Sie waren beide vollkommen nass. Luises Brustwarzen und die genaue Wölbung ihrer Brüste war deutlich erkennbar. Toms Hemd lag wie eine zweite Haut auf seinem Leib, so dass Luise ihn schmachtend ansah. Die Nacht brachte einen kühlen Wind mit sich und Luises Zähne klapperten leicht. Um sie warm zu halten kuschelte er sich näher zu ihr.

Ihre Augen schimmerten und spiegelten das Mondlicht wieder. Sein Inneres verlangte nach ihr. Er wollte dieses zauberhafte Wesen, dass es schaffte, ihm solche Gefühle zu schenken, nur noch glücklich machen. Er wollte sie. Sie roch wie eine süße Frucht, die ihn verführte. Er wollte sie schmecken, ihren Duft in seine Lungen einbrennen und sie mit jeder Faser seines Körpers fühlen. Sein Herz klopfte und pochte, immer ungeduldiger werdend. Es war eigenartig. Obwohl seine Seele, sein Verstand, sein Herz und sein ganzer Körper geradezu nach ihr schrien, blieb er still. Wenn man eine honigsüße Frucht oder betörende Blüte vor sich sah und sich dessen Seltenheit bewusst war, dann zögerte man zunächst immer. Trotz des großen Verlangens, brachte man es nicht sofort übers Herz, sie zu pflücken.

Doch er gab seiner Sehnsucht nach und beugte sich immer tiefer zu ihr. Anfänglich berührten sich nur ihre Lippen. Es gab keinerlei Abstand zwischen ihnen, kaum noch Platz, um zu atmen. Er öffnete seinen Mund und schloss seine Augen. Er wollte seine ganze Konzentration auf sein Geschmacks-

und Tastsinn verlagern. Er lutschte leicht an ihrer Unterlippe. Seine Lippen waren weich und langsam; ihre schmeckten süßlich. Luise saugte an seiner Oberlippe. Toms Zunge strich über ihre Vorderzähne und suchte seine Partnerin. Luises Zunge hieß ihn schließlich willkommen. Im Gegensatz dazu forderte sie nun auch Eintritt in seine Welt. Sie saugten und tanzten mit ihren Zungen und ihre Bewegungen wurden immer geübter und schneller, da sie sich nun in der 'Umgebung' immer besser auskannten.

Luise klammerte sich mit ihrer linken Hand an Toms Hinterkopf. Toms rechte Hand glitt unter ihre Bluse und er brauchte dann nur noch das Bikinioberteil zur Seite zu schieben, damit seine Hand durch nichts mehr gestört sein sollte. Sie knetete die weiche, zarte Haut unter seiner schwieligen Hand und zog leicht an ihren Brustwarzen. Ihre Körper waren so nah, dass sie sich gegenseitig vollständig spüren konnten. Luise fühlte in der Nähe ihrer Schenkel, während Tom sich an sie schmiegte, dass der Übeltäter wieder erwacht war, doch noch war er nicht gefragt.

Tom beschnupperte und schmeckte ihren Hals, während Luise mit beiden Händen seinen Oberkörper befühlte und jede Muskelfaser mit ihrem Tastsinn kennen lernen wollte. Er arbeitete sich immer weiter nach unten durch, wo Luise mit ihren Händen immer weiter nach oben sich betastete. Tom stützte sich nun mit beiden Händen auf dem Boden ab und liebkoste ihren Bauchnabel. Luise dagegen atmete den angenehmen Duft ein, den er ausströmte und spielte mit seinem Nacken, so dass sich einige seiner Härchen sträubten.

Tom küsste einen Leberfleck unterhalb ihres Bauchnabels und sah sie dann an, während sie mit ihren Händen seine halb nassen, sandigen Haare erforschte. Luise blinzelte zustimmend, weil sie nicht zu reden brauchten, um sich zu verstehen. So wandte er sich wieder zu ihr hin und glitt mit der rechten Hand auf ihre Oberschenkel. Luise stöhnte, diese Berührung erregte sie mehr denn je. Langsam und geduldig fuhr seine Hand in die verbotene Gegend. Er war so dicht vor dem Ziel, aber ging dann nicht mehr weiter. Seine Hand ruhte wenige Sekunden zwischen ihren Beinen und sie stöhnte weiterhin leise auf. Luise wurde ungeduldiger und forderte mehr. So glitten seine Hände vorsichtig unter ihren Slip und er massierte nun ihre Übeltäterin. Dabei schaute er sie direkt an. Ihre Augen flammten vor Leidenschaft auf. Sie genoss diese kleine Massage und wandte sich keine einzige Sekunde von ihm ab.

Tom spürte sich mutiger werden und wagte es mit seinen Fingern in sie tiefer einzudringen. In diesem Moment klammerte Luise reflexartig Toms Arm. Sie war außer Atem. Sie fror schon lange nicht mehr, denn ihr Körper brannte. Tom schaute zu ihr fragend hoch und wollte schon einen Rückzieher machen.

„Nicht...", stöhnte sie.

„Okay, liebes! Ich werde nicht..."

„Nein! Nicht... nicht..." Sie musste erst mal tief Luft holen.

„Nicht aufhören! Ich bin, ich war bisher noch nie, es ist einfach so..." Ihre Augen tränten.

„...wundervoll.", fügte sie unter fließenden Tränen hinzu.

Tom lächelte. Er beugte sich schließlich wieder über ihr Gesicht und küsste ihre Tränen trocken.

Sie zitterte, nicht vor Angst, nicht vor Kälte sondern vor Erregung.

„Ich will, ich will...", stotterte sie.

„Was willst du? Du muss es mir nur verraten! Sag, was willst du?"

„Ich..." Wieder kullerten Tränen aus ihren Augen.

„Weine doch nicht! Ich will dir doch, ich, was soll ich tun?"

„Das ist nur, ich freue mich so. Ich bin doch nur glücklich.", erklärte sie, als sie den besorgten Blick ihres Geliebten bemerkt hatte.

„Ich will dich!" sagte sie nun bestimmend.

„Hier bin ich.", antwortete er.

„Ich WILL dich!" wiederholte sie. Tom erwiderte dieses mal nichts, denn Luises ungezogene Hände waren schon wieder in seiner Lendengegend und verlangten nach

ihm.
„Ich WILL dich, in mir. Dann gibt es kein DU und kein ICH mehr, sondern nur noch WIR."

Toms Herz hüpfte nervös und völlig wild. Einige Sekunden lang zögerte er, weil er diesen kurzen Moment der Vorfreude genießen wollte. Man erlebte schließlich diese Vorfreude vor dem Ersten Mal nur ein einziges Mal. Luise lächelte ihm zu, während sie seine Hose langsam herunter schob. Sein Glied wurde nun sichtbar. Tom zog ihr den Slip geschmeidig aus. Sie waren nun bereit.

Luise umarmte ihn mit ihren Beinen und drückte ihn an sich. Tom legte sich auf ihrer Brust nieder. Zunächst lächelte er ihr zu, kämmte mit seinen Fingern ihre Haare und er verlor sich kurz in den Tiefen ihrer Augen. Er konnte ihr Gesicht nur noch schemenhaft erkennen, weil der Mond sie leicht beleuchtete. Sie war zufrieden, es ging ihr gut, mehr als nur gut. Er hatte sie glücklich gemacht, so kribbelte es in seinem Magen und er war so voller stolz.

Sein Gesicht brannte vor Leidenschaft. Sein Kopf pochte. Es war ihm so, als würde sein Herz nun anstelle seines Gehirns dort hausen. Das Pochen wurde lauter und bemächtigender. Tom kniff die Augen zusammen. War er wirklich so aufgeregt? War er nicht bereit? Würde er jetzt so kurz davor versagen? In seinem Kopf spürte er einen eindringlichen Schmerz; ein Schmerz, als ob jemand gewaltsam in ihn eindringen würde. So eine Reaktion kurz vor dem Ersten Mal hatte er niemals erwartet. Er verzerrte sein Gesicht. Er fragte sich, was Luise wohl jetzt denken müsse, als sie ihn nun so sah.

„Luise. Luise, ich, ich bin..." Er konnte kaum noch reden.
`Was ist los mit mir?´ fragte er sich verzweifelt. Er hörte im Hintergrund, wie sie ihm antwortete, aber er konnte sie nicht mehr verstehen. Ihre Stimme schien weit weg zu sein. Der Schmerz in seinem Kopf breitete sich immer mehr aus. Seine Umgebung wurde dunkler, seine Gefühle tauber, jedes Geräusch verschwand, und er fühlte sich gefangen. Gefangen in der Dunkelheit und umgeben von Schmerz. Von einem stechenden, eindringlichen Schmerz, der es ihm nicht erlaubte einen klaren Verstand zu bewahren. Er hörte Stimmen in seinem Kopf. Nur ein einziges Mal konnte er einer dieser Stimmen deutlich verstehen. Sie war schwach, aber verständlich.

„Meister! Kommen Sie zu sich! Meister?" Aber sehr schnell verstummte diese Stimme und verlor sich im Meer der Gedanken, die Toms Gehirn gleichzeitig bombardierten. Es herrschte in seinem Inneren ein völliges Chaos. Er war irgendwie nicht er selbst und

plötzlich fühlte er sich anders. So anders, als
ob er tatsächlich nicht mehr er selbst wäre.
Sein Verstand schaltete schließlich ganz ab
und es wurde still.

# ~Ferne~

Der dichte Nebel in Toms Kopf löste sich
langsam auf. Er nahm aus der Ferne eine
Stimme wahr, die immer deutlicher wurde. Es
war die Stimme einer Frau. Die besorgte,
verschreckte Stimme seiner Liebsten.
„Liebling! Wach auf! Bitte, komm zu dir!",
flehte sie.
„NENN MICH NICHT SO, VERDAMMT!", brüllte
Tom mit einem harten, gebieterischen Ton. Als
er seine Augenlider aufschlug, waren seine
Pupillen weit aufgerissen. Das Weiße in seinen
Augen schimmerte etwas rötlich. Luise war
völlig perplex über diese unerwartete Reaktion
und ihre Gedanken erstarrten.
„W- was? Wie? Wie soll ich... Was meinst du
damit? Du, du bist doch bestimmt nur
durcheinander! Oder?", fragte sie vorsichtig.
Sie hielt ihn in ihren Armen fest umklammert,
als ob sie Angst hätte, ihn zu verlieren.

„Ich, was? Was meine ich *womit* ?
Durcheinander? Ja, irgendwie schon! Was ist
passiert?" Er klang wieder ganz wie der Alte.
Luise atmete erleichtert auf.
„Na ja. Ich meine, kurz bevor wir miteinander,

du weiß schon. Du bist einfach,... Dein Gesicht war auf einmal so... Dann hast du angefangen zu schreien und zu zucken, als würdest du unter Strom stehen. Ich wusste nicht wirklich, was mit dir geschah. Ich wusste nicht, was ich tun sollte. Diese Hilflosigkeit, das war schrecklich." Ihre Stimme zitterte. Tom legte seine Hand sanft auf ihre Wange.

„Es war einfach so furchtbar. Du lagst da und ich konnte nichts tun! Bitte, so etwas soll nie wieder geschehen!"

„Mir geht's gut! Du weißt, dass dies manchmal mit mir passiert! Diese Anfälle werden so lange andauern, bis *er* endgültig verschwunden ist!", erklärte er.

„Trotzdem kann man sich schwer daran gewöhnen. Und..."

„Und?" wiederholte Tom.

„Hast du *etwas* gesehen?"

Tom musste eine Weile nachdenken, was mit ihm passiert war.

„Es war anders als sonst. Ziemlich anders. Ich fühlte mich so, als würde irgendeine Kreatur in mir wohnen. Eine Bestie, die sich gewaltsam Zutritt in mich verschafft hatte und mich beobachtete, oder gar meine eigenen Augen dazu missbrauchte. Dann hielt sie es nicht mehr aus und wollte mit aller Kraft aus mir heraus. Das seltsame war, es fühlte sich wie eine Geburt an. Ich weiß, ich rede Unsinn. Woher soll ich denn wissen, wie sich eine Geburt anfühlt? Aber, ich sage dir ja nur, wie es war.", erzählte er leise und leicht verträumt.

„Was soll das heißen?"

„Ich hab eine Stimme gehört! Jemand hat mich Meister genannt!", ergänzte er, als ob er Luises Frage nicht gehört hätte.

„Meister? Also hat jemand nach *ihm* gerufen?"

Tom nickte stumm.

„*Er* war, *er* hat gelitten, glaube ich. Ja, ich bin mir sicher, *er* hat gelitten."

Luise riss überrascht ihre Augen auf.

„*Er* und leiden? Du meinst, *er* war sauer?"

„Nein! *Er* hat wirklich gelitten! *Er* hatte Schmerzen!", betonte Tom.

„Wurde *er* gefoltert?", wollte Luise wissen und irgendwie schien sie sich mit dieser Vorstellung gut anzufreunden. Aus irgendeinem Grund nahm ihr Tom übel, dass sie sich darüber zu freuen schien, während jemand offenbar Qualen erlitt.

„Ich meine seelische Schmerzen!"

Sie wollte nicht glauben, was sie gehört hatte.

„Ich denke, du bist einfach nur durcheinander! Nun, ich bin nur froh, dass es vorbei ist und es dir gut geht!" Sie legte ihren Kopf sanft auf seine Schulter. Tom hingegen betrachtete seine Shorts.


„Du hast mir meine Shorts wieder hochgezogen?" lächelte er.

„Tatsächlich? Hab ich das? War mir gar nicht bewusst! Irgendwie hab ich wohl gedacht, es wäre besser so. Ich habe mich nämlich kurz gefragt, ob ich Hilfe holen sollte."

Tom schaute sie belustigt an.

„Da wäre es dann natürlich besser, wenn ich anständig angezogen wäre, nicht wahr? Das wäre ja zu peinlich!" lachte er. Luise stimmte in sein Lachen ein.

„Schon komisch, was man so alles für wichtig empfindet, wenn es hart auf hart kommt!", bemerkte sie.

„Das war aber wirklich wichtig!!! Du hast mich gerettet!" beteuerte er. Eine Zeit lang lagen sie Arm in Arm nur einfach so da. Luise genoss diese Ruhe nach dem Stress, der sie vollkommen im falschen Zeitpunkt überrascht hatte. Ihr Herz pochte wieder in einem normalen Rhythmus.

„Oh! Apropos anständig angezogen", bemerkte Luise und fischte ihren Slip vom Boden auf und schüttelte ihn. Sie stand auf, hob ihr rechtes Bein hoch und zog ihn an. Ihr Liebster beobachtete sie dabei ganz genau. Danach setzte sie sich zurück zu ihrem Freund.

„Schau mich nicht so an! Du hast ihn mir ausgezogen. Das Anziehen ist vergleichsweise langweiliger.", erklärte sie vergnügt.

„Ich hab nicht gemerkt, was für einen süßen Schlüpfer du hast! Rosa, mit einem grünen Schleifchen, einem Strassstein in der Mitte und an den Rändern gemustert.", zählte er lächelnd auf.

„Das alles hast du in dieser Dunkelheit

erkannt?", fragte sie ehrfürchtig.

„Wir Mädels kaufen uns sogar hübsche Unterwäsche, damit ihr uns hinreißend findet. Aber wenn tatsächlich dieser Zeitpunkt kommt, zieht ihr uns alles achtlos aus. Ihr solltet wenigstens unseren Geschmack und unsere Mühe bewundern.", klärte sie auf, aber nicht wirklich mit einem ernsten Gesichtsausdruck.

„Ich denke, wir sind zu sehr von den natürlichen Schönheiten abgelenkt! Aber wenn es dir lieber ist, dass ich vorher die kleinen Accessoires erforsche, die deinen schönen Körper bedecken..."

Luise schmunzelte.

„Och, eigentlich war doch alles ganz nett, so wie es gewesen ist.", antwortete sie mit einem unterdrückten Grinsen.

„Ganz nett? Ich erinnere mich solche Worte gehört zu haben, wie 'Ich WILL dich in mir, dann gibt es kein DU und kein ICH mehr, sondern nur noch WIR'", machte er sie mit einer hohen Stimme nach.

„Wer war denn so heiß auf mich?", lachte er.

Luise wurde leicht rot.

„Das, das war, na ja. Was ist schon dabei? Du warst genauso heiß auf mich, mein lieber Mann.", gab sie ihm zurück. So konnten sie sich das Lachen nicht mehr verkneifen und prusteten los.

„Au!" Das Gelächter wurde durch einen erneuten Schmerz unterbrochen.

„Was ist los?", wollte sie mit besorgter Miene wissen.

„Es hat nur etwas geziept. Ich nehme an, das sind die Nachwirkungen."

Luise stemmte sich aufrecht auf ihren Knien auf und sah ihn forschend an.

„Wir sollten jemandem Bescheid geben. Vielleicht ist es wichtig.", schlug sie vor.

„Ich weiß nicht so genau.", zögerte er.

„Ich denke, dass es das Beste wäre, was wir tun können."

Ihr Geliebter verzerrte erneut sein Gesicht.

„Das Ziepen wird schlimmer!"

„Siehst du. Da wird uns jemand anderes helfen müssen.", erklärte sie. Er nickte.

„Vielleicht, aber...,"

„Aber?", fragte Luise nach.

„Gehen wir zusammen?"

„Natürlich zusammen. Glaubst du, ich lasse dich hier alleine liegen?", warf Luise ein.

Gemeinsam standen sie auf und klopften sich den Sand aus ihren Kleidern.

Luise versuchte ihn zu stützen und dabei rieb er zwischendurch seine Stirn. Sein Kopf brannte.

'*Er* leidet und wie *er* leidet. Ich frage mich, was passiert sein muss, so dass *er* so etwas empfinden kann.', dachte er. Währenddessen wurde das Pochen in seinem Kopf schlimmer und er fühlte sich erneut schwächer werden.

„Luise...", flüsterte er und stoppte plötzlich. Erschrocken wand sich seine Geliebte zu ihm um.

„Ich kann nicht.", erklärte er leise.

„Was meinst du damit? Kommt es schon wieder? Versuch dich zusammenzureißen! Kannst du teleportieren?"

Ihr Geliebter hatte immer größere Schwierigkeiten ihr zuzuhören.

„Ich habe die Prüfung noch nicht bestanden. Aber ich hab bei den Übungen ja genug mitgemacht. Ich probiere es." Er versuchte sich zu konzentrieren, aber der Schmerz in seinem Kopf machte ihm einen Strich durch die Rechnung.

„Nein!" Seine Beine zitterten und er musste sich an Luise festhalten.

„Ich kann nicht! Ich fühle mich so kraftlos."

„Ist schon gut. Wir müssen nur zur unserer Hütte zurück, unsere Zauberstäbe nehmen und mit dem Transportsand sind wir rasch zu Hause." Doch ihr Freund war bald auch zu schwach zu gehen und sackte auf dem Boden zusammen.

„Steh auf, wir müssen weiter. Bitte!" Sie kniete sich zu ihm hin.

„Es ist so anders als sonst Luise. Wo bist du?" Seine Atemzüge wurden lauter. Er tastete wie blind mit seinen Händen nach ihr.

„Ich bin ja hier." Sie umarmte ihn und versuchte ihn aufrecht zu stellen.

„Nein, hör auf damit! Lass mich in Ruhe!" Seine Stimme klang verändert. Luise musste sich tatsächlich kurz fragen, ob er wirklich sie angesprochen hatte.

„Liebling? Was ist los?" Wieder fühlte sie ihre Hilflosigkeit.

„KOMM MIR NICHT NÄHER!", schrie er, sodass seine Freundin erschrak.

„Du machst mir Angst, Schatz. Wirklich Angst."

„Ich..., bitte geh, du musst gehen." Seine Stimme gewann wieder ihre sanfte Form.

„Ich bleibe bei dir." Luises Augen tränten.

„Das darfst du nicht. Du musst verschwinden. Geh! GEH VERFLUCHT!", brüllte er.

„Wieso willst du mich loswerden? Du weißt doch gar nicht, was du redest! Du bist einfach nur ..." Sie war dem Weinen so nah.

„Bitte Luise, du muss weg.", flehte er sie an.

„*Er* kommt. Geh! GEH!" Das war sein letztes Wort, bevor er wieder anfing zu schreien, als ob ihm jemand beim lebendigen Leibe die Haut abziehen würde.

„NEIN! NICHT! Es soll aufhören!" Nun flossen wirklich Tränen über ihre Wangen. Sie hielt krampfhaft ihren Geliebten in ihren Armen und weinte hilflos.


In der Nähe war ein lautes Knallen zu hören. An der gleichen Stelle war eine dunkle Gestalt aufgetaucht. Luise schrie entsetzt auf.

„Oh nein, oh nein. Wir sind ihm schutzlos ausgeliefert. Hätte ich doch nur meinen Zauberstab. Wie konnte er uns bloß finden?", flüsterte sie und schob sich beschützend vor ihren Geliebten.

Die Gestalt trug einen langen Umhang und

hatte ihr Gesicht mit einer Kapuze verdeckt. Gebückt und langsam näherte sie sich den beiden.

„ICH HABE DICH ENDLICH!", ertönte die tiefe Stimme des Mannes.

„SCHAU MICH AN! ICH WILL IN DEINE AUGEN SEHEN, BEVOR ICH DICH TÖTE! ICH WILL DIE ANGST DARIN SEHEN!", rief er wieder laut.

Luise sammelte ihren ganzen Mut zusammen.

„Er ist gerade indisponiert, aber ich nehme gerne Fragen für ihn entgegen." Ihre Stimme wirkte nun selbstbewusster.

Der Eindringling lachte schallend.

„Du?" In seinen Worten lag aber keine Verachtung, sondern etwas anderes.

„Aus dem Weg!", forderte er.

„Niemals!", beteuerte sie, während ihr Geliebter immer noch nicht erwacht war. Der Fremde zog seinen Zauberstab und zeigte in ihre Richtung.

„Sonst sterbt ihr alle beide." Seine Stimme wurde leiser.

„Dann soll es so sein."

Der dunkle Mann betrachtete sie neugierig und eine lange Weile schwiegen sie sich an. Nichts geschah. Der Störenfried schien zu zögern und mit seiner Entscheidung zu kämpfen.

„Warum musst du hier die edelmütige Heldin spielen? Du dreistes Mädchen. Verschwinde." Das klang eher wie eine Bitte als ein Befehl. Luise erwiderte nichts.

„Recidere!", sprach er und Luise fiel gelähmt auf den Boden.

„Als ob du mich aufhalten könntest. Lächerlich. Ich muss dem Ganzen ein Ende setzen. Sonst ..." Er kam auf Luise zu, vergewisserte sich, dass sie wirklich gelähmt war und beugte sich nun über sein anderes Opfer.

Er zielte auf den Jungen, der immer noch vor Schmerz wimmerte und nichts von dem mitbekam, was um ihn herum passierte.

„Ja, es tut weh nicht wahr? Spürst du, wie weh es tut?", flüsterte er.

„Oh nein! Du kannst nicht ahnen, wie es sich in Wirklichkeit anfühlt, denn es ist viel schlimmer und es wird viel schlimmer werden.", fuhr er fort. In seiner Stimme lag etwas Merkwürdiges.

Der Mann wartete einige Momente mit gezogenem Zauberstab.

„Morere...", fing er leise an.

„Morere..."

# ~Rückblende~

Luise umarmte ihn mit ihren Beinen und drückte ihn an sich.

*„Nein! Das reicht!"*

Tom legte sich auf ihrer Brust nieder. Zunächst lächelte er ihr zu, kämmte mit seinen Fingern ihre Haare, und er verlor sich kurz in den Tiefen ihrer Augen.

*„Hör auf damit! Nicht in diese Augen! Nicht in diese Augen, die ihre Farbe nicht verloren haben, trotz dieser Finsternis! Was denke ich denn da für ein sinnloses Zeug?"*

Er konnte ihr Gesicht nur noch schemenhaft erkennen, weil der Mond sie leicht beleuchtete. Sie war zufrieden, es ging ihr gut, mehr als nur gut.

*„Sie darf nicht glücklich sein!"*

Er hatte sie glücklich gemacht, so kribbelte es in seinem Magen, und er war so voller stolz.

*„Verdammt, es tut so weh! Dieser Schmerz!"*

Sein Gesicht brannte vor Leidenschaft.

*„Was ist das für ein Gefühl?"*

Sein Kopf pochte. Es war ihm so, als würde sein Herz nun anstelle seines Gehirns dort hausen.

*„Ich kann nicht! Ich halte es nicht mehr länger aus!"*

Das Pochen wurde lauter und bemächtigender.

*„Ich will hier raus!"*

Tom kniff die Augen zusammen. War er wirklich so aufgeregt? War er nicht bereit? Würde er jetzt so kurz davor versagen?

*„AUFHÖREN!"*

In seinem Kopf spürte er einen stechenden Schmerz; einen Schmerz, als ob jemand gewaltsam in ihn eindringen würde.

*„Lass mich los! Ich muss hier raus!"*

So eine Reaktion kurz vor dem Ersten Mal hatte er niemals erwartet. Er verzerrte sein Gesicht. Er fragte sich, was Luise wohl jetzt denken müsse, als sie ihn nun so sah.

"Luise, Luise, ich, ich bin." Er konnte kaum noch reden.
Er hörte im Hintergrund, wie sie ihm

antwortete, aber er konnte sie nicht mehr verstehen. Ihre Stimme schien weit weg zu sein.

*„Bloß weg! Weit weg!"*

Der Schmerz in seinem Kopf breitete sich immer mehr und mehr aus. Seine Umgebung wurde dunkler, seine Gefühle tauber, jedes Geräusch verschwand, und er fühlte sich gefangen.

*„Ich bin in ihm eingesperrt!"*

Gefangen in der Dunkelheit und umgeben von Schmerzen, die es ihm nicht erlaubten einen klaren Kopf zu bewahren.

*„Warum tut es so weh? Es tut so verdammt weh!"*

Er hörte Stimmen in seinem Kopf.

*„Holt mich hier RAUS! Wer ist da?"*

Nur ein einziges Mal konnte er einer dieser Stimmen deutlich verstehen. Sie war schwach, aber verständlich.

*„Endlich! Eine bekannte Stimme! Ich komme wieder langsam zu mir."*

*„Meister! Kommen Sie zu sich! Meister?"*

*„Ich bin hier! Tu gefälligst irgendetwas! Es ist außer*

*Kontrolle geraten!"*

Aber sehr schnell verstummte diese Stimme und verlor sich im Meer der Gedanken, die Toms Gehirn gleichzeitig bombardierten. Es herrschte in seinem Inneren ein völliges Chaos. Er war irgendwie nicht er selbst, und plötzlich fühlte er sich anders. So anders, als ob er tatsächlich nicht mehr er selbst wäre.

*„Wer bin ich? Was ist das?"*

Sein Verstand schaltete schließlich ganz ab und es wurde still.

*„Meister? Sind sie es? Was ist geschehen?", fragte eine Stimme erneut. Eine kleine, runde Gestalt war verschwommen zu sehen.*
*„Ich muss etwas dagegen tun. Es ist etwas Unvorhersehbares passiert! Ich habe keine Ahnung, wie es so weit kommen konnte! Nein, ich, ich kann nicht länger. Ich kann den Kontakt noch nicht abbrechen! Ich, ich muss es wissen." Die unscharfe Gestalt verschwand wieder. Er sah nun in die besorgten Augen eines wunderschönen, rothaarigen Mädchens.*

„Liebling. Wach auf! Bitte, komm zu dir!", flehte sie.

*Oh Gott! Diese Stimme! Ich darf es nicht zulassen.*
*„Warum nennst du mich so?"*

„NENN MICH NICHT SO, VERDAMMT!", brüllte Tom mit einem harten, gebieterischen Ton.

*So ist das gut!*

Als er seine Augenlider aufschlug, waren seine Pupillen weit aufgerissen. Das Weiße in seinen Augen schimmerte etwas rötlich.

*Ich verliere wieder die Kontrolle. Wie konnte es so weit kommen? Wie schafft es dieser Junge nur? Wieso bin ich gefangen? Ich wollte ihn aufspüren. Ich wollte ihn von Innen heraus manipulieren. Ich hatte vor all seine Gedanken zu kopieren. Das schien mir der beste Weg zu sein.*

*Ich, der beste Gedankenmagier den die Welt je gesehen hat, lässt sich von einem Jungen aufhalten? Wie konnte er mich in seinem Kopf so lange behalten, ohne dass ich mir im Klaren war, was geschah. Ich war er, ich dachte und fühlte wie er. Ich war dort, ich war mit ihr. Mit dieser Person. Ich habe alles aus seiner Perspektive wahrgenommen. Ich vergaß mich selbst und war mit ihm verschmolzen. All seine Emotionen habe ich auch gespürt. Es war so intensiv. Wie ist das nur möglich? Und nun machen sich widersprüchliche Gedanken und Gefühle in mir bemerkbar.*

„Wurde er gefoltert?", wollte Luise wissen und irgendwie schien sie sich mit dieser Vorstellung gut anzufreunden. Aus irgendeinem Grund nahm ihr Tom übel, dass sie sich darüber zu freuen schien, während jemand offenbar Qualen erlitt.

*„Du freust dich, mich leiden zu sehen? Du, die ich so sehr..." Das darf ich nicht. Was denke ich denn da? Was wird hier gespielt? Das bin doch nicht ICH!!! Was ist das für eine Hexerei?*

*Was hat er mir angetan? Woher kommt dieser unerträgliche Schmerz? Es ist kein körperlicher, sondern fühlt sich an, als würde mir jeder Schlag meines Herzens einen heftigen Stich verpassen. Diese Person. Dieses Mädchen. In ihre Augen zu schauen, sie zu halten, als würde sie wirklich in meinen eigenen Armen liegen. Von ihr berührt zu werden, fühlte sich so seltsam an. Es ist; Oh nein! Was geschieht mit mir?*

„Ganz nett? Ich erinnere mich solche Worte gehört zu haben, wie 'Ich WILL dich in mir dann gibt es kein DU und kein ICH mehr sondern nur noch WIR.'", machte er sie mit einer hohen Stimme nach.

*Nein! Bitte erinnere mich nicht daran, wie ich sie beinahe... NEIN! Wie ER sie beinahe... Oh Gott! Ich hätte sie so gerne gespürt! Ihre weiche Haut, ihre warmen Hände, die meine empfindlichste Stelle berührt haben. Ich habe sie gerochen und es war... Sie hat so süßlich geschmeckt. Mein Herz brannte, mein Körper loderte. Nein! NEIN! Das war nicht ICH! Das war ER! Ich will sie nicht! Ich will sie nicht, ich will ihn!*

„Wer war denn so heiß auf mich?", lachte er. Luise wurde leicht rot.
„Das, das war, na ja. Was ist schon dabei? Du warst genauso heiß auf mich, mein lieber Mann.", gab sie ihm zurück. So konnten sie sich das Lachen nicht mehr verkneifen und prusteten los.

*Ihr lacht? Ihr lacht, während ich hier leide? Es ist alles EURE Schuld!*

„Au!" Das Gelächter wurde durch einen erneuten Schmerz unterbrochen.

*„DU sollst leiden, nicht ich!"*

„Was ist los?", wollte sie mit besorgter Miene wissen.
„Es hat nur etwas geziept. Ich nehme an, das sind die Nachwirkungen."

*Ihr werdet nicht gewinnen! Ihr könnt mich nicht überlisten! Ich darf nicht schwach werden! Ich werde dem Ganzen einfach ein Ende setzen! Du sollst mir verraten, wo du bist! Wo bist du? Ich muss dein Gehirn durchforschen! Du hast mich lange genug abgelenkt und mich meine Aufgaben vergessen lassen! WO BIST DU? ICH WERDE DICH FINDEN! Es tut, es tut so weh!*

Luise versuchte ihn zu stützen, und dabei rieb er zwischendurch seine Stirn. Sein Kopf brannte.
'*Er* leidet und wie *er* leidet. Ich frage mich, was passiert sein muss, so dass er so etwas empfinden kann.', dachte er.

*WO BIST DU? Ich werde kommen und dann wirst nur DU leiden!*

„Ich habe die Prüfung noch nicht bestanden. Aber ich habe bei den Übungen ja genug mitgemacht. Ich probiere es." Er versuchte sich zu konzentrieren, aber der Schmerz in seinem Kopf machte ihm einen Strich durch die Rechnung.

*Du gehst nirgendwo hin, nicht bevor du mir das verraten hast, was ich wissen will!*

„Steh auf, wir müssen weiter. Bitte!" Luise kniete sich zu ihm hin.

*Hier geblieben!*

Es ist so anders als sonst. „Luise! Wo bist du?" Seine Atemzüge wurden lauter. Er tastete wie blind mit seinen Händen nach ihr.
„Ich bin ja hier." Sie umarmte ihn und versuchte ihn aufrecht zu stellen.

*Hast du immer noch nicht kapiert, was hier passiert, du dummer Junge? Ahhh, ich spüre gerade, du merkst langsam, was hier vorgeht. Etwas spät, aber immerhin! WO BIST DU? Verrate es mir, oder du wirst es bereuen!*

„Nein, hör auf damit! Lass mich in Ruhe!" Seine Stimme klang verändert. Luise musste sich tatsächlich kurz fragen, ob er wirklich sie angesprochen hatte.

*„Ich werde dich niemals in Ruhe lassen!"*

„Liebling? Was ist los?" Wieder fühlte sie ihre Hilflosigkeit.

*„Ich werde kommen und dich holen! Und zwar zuerst deine Geliebte!"*

„KOMM MIR NICHT NÄHER!", schrie er, so dass

seine Freundin erschrak.

„Du machst mir Angst, Schatz. Wirklich Angst!"

„Ich, bitte geh, du musst gehen." Seine Stimme gewann wieder ihre sanfte Form.

*Soll sie doch hier bleiben, dann haben wir mehr Spaß!*

„Ich bleibe bei dir." Luises Augen tränten.

„Das darfst du nicht. Du musst verschwinden. Geh! GEH VERFLUCHT!", brüllte er.

*Du wirst schwächer und ich umso stärker. Oh! DORT seid ihr also? Ich habe deinen Standort aus deinen Gedanken gefiltert!*

„Wieso willst du mich loswerden? Du weißt doch gar nicht, was du redest. Du bist einfach nur ..." Sie war dem Weinen so nah.

„Bitte Luise, du musst weg.", flehte er sie an.

*Ich werde kommen! Ihr könnt nicht fliehen!*

„*Er* kommt! Geh, GEH!" Das war sein letztes Wort, bevor er wieder anfing zu schreien, als ob ihm jemand beim lebendigen Leibe die Haut abziehen würde.

„NEIN! NICHT! Es soll aufhören!" Nun flossen wirklich Tränen über ihre Wangen. Sie hielt krampfhaft ihren Geliebten in ihren Armen und weinte hilflos.

In der Nähe war ein lautes Knallen zu hören.

An der gleichen Stelle war eine dunkle Gestalt aufgetaucht. Luise schrie entsetzt auf.

„Oh nein, oh nein. Wir sind ihm schutzlos ausgeliefert! Hätte ich doch nur meinen Zauberstab. Wie konnte er uns bloß finden?", flüsterte sie und schob sich beschützend vor ihrem Geliebten.

„Endlich sehe ich dich nun mit meinen eigenen Augen. Dein Duft strömt bis hierher, deine Haare glitzern rötlich und sie rufen mich. Du, willst du mich etwa betören?" murmelte er.

„Ich darf nicht schwach werden. Nur noch ein wenig Geduld und dann wird alles enden."

Die Gestalt trug einen langen Umhang und hatte ihr Gesicht mit einer Kapuze verdeckt. Gebückt und langsam näherte sie sich den beiden.

„ICH HABE DICH ENDLICH!", ertönte die tiefe Stimme des Mannes.

„SCHAU MICH AN! ICH WILL IN DEINE AUGEN SEHEN, BEVOR ICH DICH TÖTE! ICH WILL DIE ANGST DARIN SEHEN!", rief er laut.

Luise sammelte ihren ganzen Mut zusammen.

„Er ist gerade indisponiert, aber ich nehme gerne Fragen für ihn entgegen." Ihre Stimme wirkte nun selbstbewusster. Der Eindringling lachte schallend.

„Du?" In seinen Worten lag aber keine Verachtung, sondern etwas anderes.

„Du widersetzt dich mir? Das ist wohl nicht dein Ernst?"

„Aus dem Weg!", forderte er.

„Ich habe es nicht auf DICH abgesehen! Ich werde ihn töten und die jahrelange Jagd wird beendet!"

„Niemals!", beteuerte sie, während ihr Geliebter immer noch nicht erwacht war. Der Fremde zog seinen Zauberstab und zeigte ihn in ihre Richtung.
„Sonst sterbt ihr alle beide." Seine Stimme wurde leiser.

„Zwing mich nicht dazu!"

„Dann soll es so sein!"

„Das ist doch wohl nicht zu fassen? Misch dich nicht ein! Ich will dich nicht..." Warum eigentlich nicht? Wieso will ich sie nicht töten? Ich habe immer getötet. Es ist doch so einfach, es war noch nie einfacher! Nein, es war noch nie schwieriger!

„Warum musst du hier die edelmütige Heldin spielen? Du dreistes Mädchen. Hau ab." Das klang eher wie eine Bitte als ein Befehl.

„Oh bitte, tu doch ein einziges Mal, was man dir sagt!"

„Recidere!", sprach er und Luise fiel gelähmt auf den Boden.

Ich kann es nicht. Ich bin weich geworden. Es gibt nur eine Lösung. Ich muss ihn endlich vernichten und dann habe ich meine langersehnte Ruhe!

„Als ob du mich aufhalten könntest! Lächerlich!" Ich muss dem Ganzen ein Ende setzen!.Sonst würde ich jämmerlich enden. Dazu darf es niemals kommen.

Er kam auf Luise zu, vergewisserte sich, dass sie wirklich gelähmt war und beugte sich nun über sein anderes Opfer.

Er zielte auf den Jungen, der immer noch vor Schmerz wimmerte und nichts von dem mitbekam, was um ihn herum passierte. „Ja, es tut weh nicht wahr? Spürst du, wie weh es tut?", flüsterte er.

„Du sollst leiden!"

„Oh nein! Du kannst nicht ahnen, wie es sich in Wirklichkeit anfühlt, denn es ist viel schlimmer und es wird viel schlimmer werden!", fuhr er fort.

Es fühlt sich so an, als hätte eine seelenlose Kreatur eine neue Seele bekommen. Diese

Seele zwingt mich meine Taten zu bereuen; bringt mich dazu, Menschen zu verschonen; veranlasst, dass ich innerlich so sehr gefoltert werde. Das darf nicht sein! Ich muss es hier und jetzt beenden!

Der Mann wartete einige Momente mit gezogenem Zauberstab.

„Du sollst sterben und dann ist alles gut!"

„Morere...", fing er leise an.

Tu es schnell! Warum zögere ich?

„Morere..."

Nun mach schon endlich! Ich muss nur den Spruch aufsagen, und dann habe ich es hinter mir!

„Morere Ferreus!", sprach nun die dunkle Gestalt letztendlich, während er sein Zauberstab auf den Jungen gerichtet hielt.

# ~Vergänglichkeit~

Einige Sekunden vergingen, doch es passierte rein gar nichts. Der finstere Eindringling starrte den Jungen an. Das bloße Entsetzen stand in seinem Gesicht geschrieben. Sein Zauberstab fing langsam an zu zittern und fiel zu Boden.

„Wie?", kam ein leises, kaum vernehmliches Fauchen aus seinem Mund. Irgendwas schien ihn innerlich aufzufressen. Er hatte in diesem Moment etwas erkannt, was sein ganzes Leben verändern sollte und das wusste er zu genau. Dieses Wissen der bevorstehenden Veränderung nahm ihm alle Kraft, die er besaß, all die Entschlossenheit, die er bis zum Ende zu behalten versucht hatte.

Alles war vergebens. Er war nun am Ende. Er war viel zu schwach und schockiert, um sich noch zu fragen, wie es so weit kommen konnte. Er sank auf seine Knie und sein Mund blieb weiterhin vor Schreck offen stehen.

Der Junge neben ihm hatte sich inzwischen wieder langsam gefangen und keuchte. Er rieb sich kräftig die Stirn und hatte Schwierigkeiten seine Augen zu öffnen. Sein

Atem ging schwer und langsam sammelte er sich. Nun sah er seine Geliebte neben ihm liegen. Sie regte sich nicht. Ihre Augen waren glasig und starrten ins Leere.

Der Junge verspürte geradezu einen schweren, dicken Amboss in seinem Magen, der sich gewaltsam durch seine Gedärme quetschte. Seine Geliebte lag bewegungslos da, neben ihm war die dunkle Gestalt, die er so hasste und fürchtete. Es gab nur eine einzige Erklärung: Luise war tot.

Er war innerlich so sehr aufgewühlt, dass er sich nicht fragte, warum er selbst noch lebte, sondern war felsenfest davon überzeugt, dass diese Gestalt niemals einen Menschen verschonen würde. Luise war tot. Sie war nicht mehr.

Hass und Trauer zeichnete sich auf seinem Gesicht ab. Er hatte es so satt. Einer nach dem anderen starben sie weg. Alle Menschen, die er so liebte. Seit jüngster Kindheit wurde er dauernd mit dem Tode konfDirktiert und das alles wegen diesem Abschaum. Und nun war Luise tot.

Sein ganzes Hirn schien dickflüssig geworden zu sein, weil all seine Emotionen darin immer schwerer wogen, so das sein Kopf zu platzen drohte; aber äußerlich war nur ein einziges Gefühl sichtbar: nacktes Entsetzen, denn

Luise war tot. Immer wieder hallte derselbe Gedanke in seinem Kopf wie ein Echo.

„Duuu...", sprach er mit zusammengepressten Zähnen, aber kein Schimpfwort der Welt vermochte es seine Gefühle auszudrücken. Luise war TOT!

Der Zauberstab des dunklen Mannes lag auf dem Boden, wo er selbst stillschweigend in sich zusammengesackt lag. Sein jüngerer Rivale, den er bis vor kurzem zu töten versucht hatte, schnappte sich sofort seinen Stab und richtete ihn hasserfüllt auf diesen.

„OBEDIRE!" schrie er, doch der Mann zuckte nur leicht zusammen.

„Das wird dir nichts nützen. Es ist nicht so, dass du es nicht willst! Ooh ja, du willst mich leiden sehen, und zwar so sehr, wie nie zuvor. Aber ich leide schon. Was bedeuten denn die leiblichen Schmerzen, wenn der Geist vor Qual beinahe in Ohnmacht zu fallen scheint? Dann ist das physische Leid nur eine schwache Randerscheinung."

Für einen kurzen Moment war sein Rivale etwas verwirrt, aber besann sich schnell wieder.

„Was redest du für einen Unsinn? Mit so einem Gefasel kannst du mich nicht täuschen,

Omjosten!" entgegnete er ihm. Die Gestalt, die von dem Jungen Omjosten genannt wurde, drehte seinen Kopf zu ihm. Mit der linken Hand zog er seine Kapuze hinunter. Nun wurde sein blasses, kränkliches Gesicht sichtbar. Sein Kopf war kahl, er hatte anstelle einer Nase zwei kleine Schlitze, seine roten Augen funkelten und seine spinnenartigen Hände ruhten auf seinen Oberschenkeln.

„Glaub was du willst. Ich will hier keinen überzeugen. Tu, was du tun musst! Warum verschwendest du deine Zeit mit Gequatsche? Hast du denn nicht verstanden, dass sinnloses Gequatsche einen nur aufhält? Hast du nicht aus meinen Fehlern gelernt?"

Der Junge stand vor ihm und richtete den Zauberstab direkt auf sein Gesicht. Er war verwirrt. War das eine List? Warum klangen dann seine Worte so echt?

„Du stehst ja immer noch so da." drängte ihn der dunkle Mann.

„Was willst du wirklich von mir?" Irgendwie musste er einfach mehr erfahren.

„Ich will nichts. Ich habe dir all deine geliebten Menschen genommen." Seine Stimme hatte etwas Trauriges. „Also, warum fragst du mich noch, was ich von dir will? Töte mich!"

„Töten? DICH? Der berühmte Baron Omjosten, der sein ganzes Leben lang nichts gescheut hat, um unsterblich zu werden, will von MIR, seinem Feind Nummer eins, getötet werden?" lachte er.

„Schön, wenn sich hier wenigstens einer amüsiert. Bring es endlich zu Ende und verhöhne mich nicht!"
Die Worte des dunklen Lords waren so absurd, dass man da natürlich nur lachen konnte.

„Was willst du hören, Junge? 'Beumdelord hatte Recht!' Willst du das hören? Er hatte Recht! Zufrieden? Es gibt Schlimmeres als den Tod und dieses Schlimmere erlebe ich jetzt - in diesem Moment. Meine Gedanken, meine Gefühle, mein Geist und meine Seele werden gnadenlos von etwas durchbohrt, das ich nie wirklich gekannt, nie wirklich ernst genommen hatte. Ich bin am Ende", gestand er.

Sein Gegenspieler lachte erneut auf.

„Entweder ist das ein Traum, oder du bist nicht Omjosten! Der dunkle Baron, der zugibt, dass Beumdelord Recht hatte, von Gefühlen und Seelen redet und sterben möchte? Zu welch abstrusen Fantasien meine Gedanken nur fähig sein können. Außerdem, du weißt genau, dass ich dich nicht so leicht töten kann, du hast fleißig dafür gesorgt!"

„Ach. Da hast du aber Recht! Da habe ich so lange Jahre krampfhaft versucht nicht zu sterben und nun kann ich nicht in Ruhe von dannen gehen."

„Machst du dich über mich lustig?"

„Tatsächlich, es muss für dich ganz lustig aussehen. Was meinst du? Wie sollten wir vorgehen? Ich könnte dir sagen, wie du dich aller Hürden entledigen kannst, aber das würde nicht schnell genug gehen. Das ist ja wirklich eine missliche Lage." murmelte er nachdenklich vor sich hin.

„Du veralberst mich?! Ich habe nicht die Stimmung mir dein Gesülze anzuhören."

„Und wieso tust du es dann? Unternimm was, verdammt!" unterbrach ihn Omjosten.

„Was, was ist eigentlich eben passiert? Erkläre mir, was du vorhin mit mir gemacht hast!" befahl er. Er konnte ihn nicht töten. Bis er sich etwas einfallen ließ, wollte er ein wenig Zeit gewinnen.

„Es ist dir wohl nicht entgangen, dass wir eine gewisse Verbindung zueinander haben. Bisher hatte ich die Schwierigkeit, in dich einzudringen, weil eine Art Kraft dies mir unmöglich machte.", begann Omjosten. Seine

Stimme hatte sich verändert. Der Hass und die Wut in ihm waren von einer tiefen Melancholie verdrängt.

„Jedoch habe ich fleißig geübt und Wege gefunden, diese Barriere zu überwinden. Ich bin nun mal allseits talentiert. Ich bin in deinen Kopf eingedrungen, ohne dass du etwas bemerkt hast. Ich habe dich ausspioniert. Am Anfang war dies sehr schwer zu ertragen und ich bekam nur einige Fetzen mit. Jedoch erinnerte ich mich, dass dein Blut auch in mir fließt. Du hast einen gewissen Schutz in deinem Blut, der es mir durch harte Meditation und fortgeschrittene Gedankenmagie am Ende möglich machte, an dich heranzukommen.

Mein Plan ging auf, zumindest am Anfang. Ich wollte jedoch mehr, ich wollte dich vollständig haben, dich beherrschen. So drang ich immer tiefer in deine Gedankenwelt und spürte sogar deine Gefühle. Ich habe dann nicht mehr gemerkt, wie ich langsam mit dir verschmolzen bin.

ICH war DU!
Ich habe gespürt, was du gespürt hast, gesehen, was du gesehen hast, gefühlt, was du gefühlt hast.
Ich war wirklich DU!

Nicht du hast den Sonnenuntergang mit einer

großen Glückseligkeit beobachtet, sondern ich.
Nicht du hast sie geliebt und liebkost, sondern ich.
Der junge 17jährige Tom Jones war verliebt, nicht du.
Besser gesagt, ich war dabei und es war so, als ob du nicht mehr wärst, sondern nur noch ICH und dieses Mädchen.

Und nun, ich weiß nicht genau wie das passieren konnte. Diese Verschmelzung hat mich mit etwas infiziert. Wie ein Virus hat sich dieses Gefühl in mir verbreitet.

Du hast mich verändert.
Für immer.

Jetzt liege ich hier und rede mit meinem Erzfeind. Ich brachte es nicht übers Herz sie zu töten und bei dir hat nicht mal der unverzeihliche Fluch gewirkt, denn mein Herz ist von dir verdorben worden.

Vielleicht war dies der genaue Plan deiner Eltern. Vielleicht hat Beumdelord genau dies bezweckt. Vielleicht wurde dies von Anfang an so bestimmt. Und wir waren nur die Spielzeuge des Schicksals. Weder du, noch die restliche Welt will, dass ich am Leben bleibe. Nun will ich es auch nicht mehr.
Drum musst du mich töten, Peters!"

# ~Die Formel des Schmerzes~

„Dieses Pochen!
Es soll aufhören, aufhören
zu schlagen.
Dieses Herz.

Die Stille ist erdrückend.
Der Krach raubt mir meinen
Verstand. Unmengen von
Stimmen schreien in
meinem Kopf, sie
beschuldigen mich. Eine
Stille des Todes umringt mich.

Sie schreien, sie brüllen, sie kreischen und es
tut weh. Dann lachen sie. Sie lachen über
mich. Durch das hämische Grinsen ihrer toten
Gesichter werde ich gezwungen, mich an sie
zu erinnern.

So viele.
Es waren zu viele.
Namenlose, Frauen, Kinder, Männer, Jungen,
Mädchen, Säuglinge, Schwangere, Väter,
Mütter, Brüder, Schwestern.
So viele.

Unzählige Augen starren mich an, sie
durchbohren meinen Körper mit ihren Blicken.

Nein!
NEIN!

Schaut mich nicht so an! Geht weg! Ich will euch nicht mehr hören! Nicht mehr eure Stimmen ertragen!

Was ist das? Was ist das für ein unendlicher Schmerz?

Wieso?
WIESO?

Es soll aufhören, aufhören, pssst, bitte, aufhören!

Wer bin ich?
Wer war ich?
Wieso bin ich ICH?
Wieso bin ich so?
Wer werde ich nun sein?
Wer hat über meine Existenz entschieden?
Wer hat mich zu dem gemacht, der ich bin?
Wieso tat mein Herz damals nicht weh? Wieso aber jetzt?
Aus welchem Grund bereue ich all meine Taten?
Warum erlebe ich jede einzelne noch einmal?
Weshalb erinnere ich mich ganz besonders an die schrecklichsten Dinge, die ich schon längst vergessen glaubte?

Wenn es das ist, was man Liebe nennt, dann

will ich doch lieber hassen.

Nein!!!
Verdammt!

Selbst diese Worte tun weh.

Dieser Sonnenuntergang, ich wusste gar
nicht, dass die Sonne mit so einer
Farbenpracht untergeht.
Das Meer, wie schön es doch glitzert.
Der sandige Boden, dieser Duft. Der Duft des
Meeres und des Mädchens. Ihre weiche, glatte
Haut.
Diese Erregung, von ihr berührt zu werden. So
nah bei ihr zu sein. Dieses Verlangen in ihr
Innerstes einzudringen, mit ihr zu
verschmelzen. Ihre Wärme.
Nein, ihre Augen.
Nein, dieses *Etwas* in ihren Augen.
Die Art und Weise, wie sie mich anschaut.
Mein Herz, das sich mit Freude füllt als sie
mich so anstrahlt.
Als sie, als sie, als sie IHN so anstrahlt.

Wie kann es nur sein?
Diese Erinnerung, die nicht meine ist erfüllt
mein Innerstes mit etwas Wohligem und
gleichzeitig verletzt es mich.
Ich würde gerne vergessen,... vergessen.
Mein Gehirn entleeren.
Würde dann endlich Ruhe herrschen? Oder
würde ich trotzdem leiden, aber nur dann

nicht mehr wissen, weshalb?

Wenn ich doch nur, ... ich doch nur sterben könnte. Ich würde gerne einfach nur für immer verschwinden.
Dann herrscht Stille. Wirkliche und ewige Stille.
Ewige Stille.

LASST MICH HIER RAUS!
BEFREIT MICH VON DIESEN GEDANKEN!
SAUGT MIR DIE SEELE AUS MEINEM LEIB HERAUS!
HEILT MICH VON DIESER KRANKHEIT, DIE SICH LIEBE NENNT!

Ich, ... ich kann es nicht mehr ertragen!"

In einem Raum saß die dunkle Gestalt und sprach weiterhin mit sich selbst. Einen Moment lang flüsterte und wimmerte sie nur vor sich hin, und im nächsten Moment brüllte sie zornesentbrannt und warf mit Gegenständen um sich. Der Anblick war grauenerregend und ironischer Weise ziemlich traurig.

Der Raum war durch nichts geschützt. Zwei Personen unterhielten sich mit einem sicheren Abstand, während sie die armselige Kreatur beobachteten.

„Wir müssen es beenden, Heinz! Er hat seine

Kräfte verloren, weil ihn dein Blut, das mit Liebe bereichert ist, geschwächt und wahnsinnig gemacht hat. Er ist wie ein gewöhnlicher Nimag geworden. Eigentlich die gerechte Strafe für ihn."

Heinz schaute seinen Freund mit traurigem Gesichtsausdruck an.

„Ich spüre es, Dirk. Ich spüre es, wie er sich fühlen muss. Stell dir mal vor! Eine Kreatur, die nur den Hass kannte, bekommt plötzlich so eine Art Gewissen. Es muss eine unendliche Qual für ihn bedeuten. Nicht mal der Tod kann ihn retten."

„Geschieht ihm Recht! Du hast doch nicht Mitleid mit ihm? Er hat deine Eltern getötet, er hat..."

„ICH WEIß ES, Dirk!" unterbrach ihn Heinz sofort.
„Ich spüre sein Leiden, weil wir miteinander verschmolzen waren. Nicht nur er hat sich mit meiner Fähigkeit zu lieben angesteckt, ich habe auch ein Teil seines Schmerzes abbekommen.

Aber irgendwie gönne ich ihm diesen Schmerz. Eine Stimme sagt in mir, dass er bis in alle Ewigkeiten so bleiben sollte. Aber andererseits ist da auch eine andere Stimme, die dem widerspricht.

Er ist seiner Mutter nun so ähnlich wie eh und je. Die Liebe und die Enttäuschung über die Liebe hatten ihr die Kräfte geraubt, sodass sie auch nicht mehr zaubern konnte und letztendlich starb. Sie teilen dasselbe Schicksal. Nur kann er nicht so einfach sterben. Welch eine Ironie."

„Heinz. Ich habe drüber nachgedacht. Du hast mir doch mal erzählt, du hättest eine Art Triumph in Beumdelords Augen bemerkt, als er davon gehört hatte, dass nun in Omjostens Adern auch dein Blut fließe."

„Damals dachte ich, ich hätte es mir nur eingebildet."

„Genau! Beumdelords letzter Wille in seinem Testament war, dass du die Gedankenmagie beherrschst, streng mehrere Zaubertechniken übst und schließlich mit deiner großen Liebe auf eine wunderschöne Reise gehen sollst, bevor du mit der großen Suche anfängst. Es ergab keinerlei Sinn für mich, besonders die Sache mit der Reise. Wir haben Krieg und du sollst mit meiner Schwester an einer Juliwoche nach Italien in den Urlaub fahren? Pff, da hätte jeder Bruder etwas dagegen, auch wenn wir nicht Krieg hätten. Aber er muss die Sache mit deinem Blut vermutet haben."

Eine weitere Person gesellte sich zu den

Freunden. Es war Greta.

„Liegt es nicht auf der Hand, Dirk? Beumdelord hat es von Anfang an geahnt, wenn nicht gar gewusst. Er hatte mit Morey auf diesen Plan hingearbeitet. Morey sollte Beumdelord töten, um Omjostens Vertrauen zu gewinnen. Morey hat den Baron überredet und geholfen, diesen Weg zu gehen, also in Heinzs Geist einzubrechen."

„Ich hätte nie gedacht, dass ich jemanden, den ich so sehr gehasst habe, so bewundern würde. Er möge in Frieden ruhen. Ich wünschte, ich wünschte ich hätte die Gelegenheit gehabt ihm dies persönlich zu sagen." Nachdenklich senkte Heinz seinen Blick. Es war eine verwirrende Erfahrung. Zwei Menschen, die er am meisten verabscheute, fanden ein Ende, das ihm in seinen kühnsten Träumen nicht eingefallen wäre.

„Die Vernichter haben ihn schlimm zugerichtet, als sie sahen, dass Omjosten nicht mehr zurückkam und ahnten, was mit ihm geschah. Morey musste als Sündenbock herhalten, weil er eine Menge Zeit mit dem Baron verbracht hatte.", erwiderte Dirk. So lange wurde er von seinem Lehrer schikaniert, dass der frühere Dirk diese Strafe ganz pässlich für ihn gefunden hätte, doch nun lagen die Dinge ganz anders.

„Die ganze Zeit musste er eine Maske tragen. Nur Beumdelord kannte ihn, wie er wirklich war. Ein Stück seiner Seele muss mit seinem Mentor gestorben sein, als er ihn töten sollte. Dieses Ende hatte er nicht verdient.", meldete sich wieder Greta. Ihre Stimme zitterte. Ein kurzes Schweigen folgte.

„Unsere Reise. Er sollte mit mir alleine sein, sich seiner Liebe hingeben, damit auch jede einzelne Gehirnzelle mit Liebe gefüllt war, um so den Baron mit Liebe zu ersticken?" Dieses Mal war es Luise. Sie war froh, dass sie noch lebten und beisammen waren. Sie kam Heinz näher und umklammerte seine Hand.

„Ja. So könnte man es ausdrücken. Während Morey mit Omjosten beschäftigt war, sollte Heinz sich nur um seine Liebe kümmern.", beantwortete Greta und sah dabei Dirk an. Dirk schaute verlegen weg, dann blickte er verschämt nach unten, als hätte er etwas sagen wollen, aber nicht können.
„Es war wichtig, dass ihr beide alleine seid, damit ihr euch näher kommen könnt. Erinnerst du dich Heinz, dass du Omjostens intensivste Gefühle sofort gespürt hast? So sollte es auch bei ihm sein. Der Plan war, dass du mit Luise ein intensives Erlebnis haben sollst, anscheinend hattet ihr auch eins.", fuhr Greta fort. Heinz errötete leicht und Luise lächelte.

„Hey! Schon vergessen? Neben euch steht der große Bruder dieses Mädchens! Behaltet eure Details bitte für euch." mischte sich sofort Dirk ein.

„Ist doch so, Luise? Ist etwas zwischen euch nun passiert oder nicht?" wollte Greta weiterhin wissen, als ob sie Dirks Einwand nicht wahrgenommen hätte.

„Hallo Greta! Ich bin immer noch da!" Empört schüttelte Dirk energisch seinen Kopf. Heinz und Luise schwiegen.

„Und Heinz, ohne die Brille kommen deine smaragdgrünen Augen wirklich gut zum Vorschein." lächelte Greta.

„Ist aber echt ungewohnt, Mann." bemerkte Dirk.

Heinz grinste.

„Ja! Ich habe mich schon immer gefragt, warum unsere Zaubererwelt keine Lösung für dieses Problem gefunden hat, aber dafür die Nimag. Eine Brille steht einem manchmal im Weg, wenn es brenzlig wird." Er schaute dabei Luise an und sie verstand, was er meinte.

„Jaaa! Aber wer würde schon auf die Idee kommen winzige, dünne und weiche Dinger in die Augen reinzustecken. Mein Dad hat vollkommen Recht. Diese Nimag sind echt kreativ."


Eine Weile trat wieder Stille ein. Heinzs Augen wirkten verträumt. Er schaute den ehemaligen Baron an. Sein Gesichtsausdruck wurde ernster. Greta wechselte schließlich das Thema.

„Beumdelord. Er war sich nicht sicher, dass Morey und du Erfolg haben würdet. Wie denn auch? Es war von Anfang an eine unsichere Sache. So wollte er dir den zweiten Weg verraten, falls ihr scheitern solltet."

„Die Seelennäpfe." murmelte Luise leise.

„Du hättest dann einen langen Weg vor dir gehabt, Mann." In Dirks Stimme spürte man seine Erleichterung.

„Der Kampf wird aber weitergehen, Dirk! Er wird noch nicht der Letzte sein. Omjostens Genossen werden wissen wollen, was mit ihrem Meister passiert ist.", mischte sich Greta ein. In ihrer Stimme war ein leicht wütender Unterton. Sie war sauer, weil Dirk etwas schwer vom Begriff war. Manchmal fragte sie sich selbst, wie sie sich in so einen Dickschädel verlieben konnte.

„Was wird jetzt mit *ihm* geschehen?" Luise deutete auf den alten Mann, der mit seinen spindeldürren Fingern die Wand betastete und leise die Worte, „Sie sind hier. Sie sind überall." murmelte.

„Er hat uns verraten, wie wir seine Seelennäpfe finden und vernichten können.

Wir können ihn töten. Doch weiß ich nicht, ob das der richtige Weg ist.", antwortete Heinz.

„Soll er also ewig leiden?" wollte Greta wieder wissen.

„Möglicherweise. Ich weiß es nicht. Viele würden sich das wünschen."

„Kein Mensch hat das verdient. Nicht mal so einer, der kaum etwas Menschliches in sich hat, wie dieses armselige Wesen. Das unterscheidet uns, wir sind nicht auf blinde Rache hinaus. Er sollte erlöst werden.", meldete sich Luise.

„Da hast du nicht Unrecht, aber warum fühle ich mich dann so mies, wenn ich sein Todesurteil ausspreche?" fragte Heinz.

„Sieh hin. Er ist nicht mehr Omjosten! Wir können seine Schmerzen nicht heilen, Heinz. Wir müssen ihn gehen lassen.", wandte Luise ein. Heinz schaute den schwächlichen Mann an, der weiterhin vor sich hin brabbelte.

In diesem Augenblick begegneten sich ihre Blicke. In den roten Augen des finsteren Mannes schimmerte etwas Trauriges, so etwas wie tiefe Reue und ein unergründlicher Schmerz. Dieser Blick traf Heinz wie ein Blitz, der sofort in sein Innerstes eindrang. Er war wie unbändiges Lauffeuer, verbreitete sich und wütete mit seinem zerstörerischen Werk. Einen kurzen Moment lang spürte Heinz den Drang sich in Nichts aufzulösen, zu sterben, Suizid zu begehen. Sein ganzer Körper war wie ein Vakuum des Leidens. Er drohte zu ersticken.

„Dividiere meinen Schmerz mit der Unendlichkeit! Addiere sie mit all meinen Opfern. Multipliziere das Ergebnis wiederum mit dem Schmerz meiner lebenden Opfer. Füge noch all die Angst und das Entsetzen hinzu, die ich der Welt bereitet habe. Was bekommt man dann heraus, Peters?" fragte der ehemalige Baron leise.

Heinz wusste keine Antwort. So drückte er die warme Hand seiner Geliebten noch fester.

Dieser Anblick der beiden Liebenden fügte dem alten Mann einen erneuten Stich zu. Er fiel geschwächt auf den Boden.


„Du stehst vor mir und hältst ihre Hände.
Die Hände, die meine hielten,
unsere
DEINE hielten
Du wirst sie lieben
das Mädchen
den Menschen
das Wesen

die
die ich
die ich so sehr
ja
ich
ich liebe
ICH liebe sie
Ich LIEBE sie
Ich liebe SIE!
Ich!"

Heinz ließ Luises Hand los und näherte sich dem Mann, der seine Augen resignierend gesenkt hatte. Er blickte auf ihn herab und kniete sich schließlich vor ihm nieder, damit ihre Gesichter auf gleicher Höhe waren. Es war sonderbar. Der einzige Mensch, der den Baron verstehen konnte, war sein Todfeind. Der einzige, der fähig war ihm zu helfen, war der Junge, den er seit 16 Jahren zu töten versuchte. Etwas rührte sich im Herzen von Heinz. Die zwiespältigen Stimmen gaben endlich Ruhe. Baron Omjosten, der Schrecken der ganzen Welt, der gnadenlose Bösewicht, er war nicht mehr. Er war nur noch Tom. Er war bloß ein gebrochener, alter und müder Mann. Er hatte seine Seele nicht nur in kleine Stücke geteilt, nein, nun war er auch psychisch am Ende. Ein seelischer Krüppel, im wahrsten Sinne des Wortes. So begann Heinz seine Gedanken in Worte zu fassen.

„In der Dunkelheit und Farblosigkeit kann zum

Trotz das Leben gedeihen. Wenn du dich in deiner Trostlosigkeit versenkst, wirst du immer grau sehen. Schaue genau hin. Die Trauer und die Ausweglosigkeit färbt alles in grau. Du muss das Leben berühren, so wirst du auch die Farben darin erkennen.

Sieh, wie intensiv das Gelb ist. Es gleicht der Sonne, die die Erde fruchtbar macht. Es ist grell aber auch warm. Die Farbe Rot ist so intensiv. Es ist die Farbe der Liebe, der Leidenschaft, des Blutes und des Feuers. Das Blut ist das Leben. Das Feuer spendet Licht, auch wenn es zerstörerisch sein kann. Blau. Blau ist der Himmel. Blau ist das Kühle und Ruhige. Erkenne die Farben, die Farben des Lebens."

Das Gesicht seines ehemaligen Todfeindes schien in den vergangenen Stunden gealtert zu sein. Er richtete seine müden Augen an den Jungen. Er war überrascht. ER war es doch gewesen, der alles Gute im Leben dieses Jungen von Anfang an Stück für Stück zerstört hatte. War er bereit ihm zu verzeihen? Eine winzige Erleichterung machte sich in seinem Herzen bemerkbar. Eine sonderbare Situation war das. Das Kindliche im Inneren des alten Mannes brachte ihn leicht zum lächeln. Der frühere Baron schaute nun in die Augen seines Feindes.

„Die Farben des Lebens sagst du?
Grün.
Ich sehe in deine Augen, sie sind grün.
Genauso wie bei deiner Mutter.
Deine Mutter hat die Hoffnung nie
aufgegeben, dich beschützt.
Sie muss geahnt haben, was kommen würde
oder zumindest gehofft.
Ist nun eingetreten, was sie sich erhofft hat?
Grün.
Wie seltsam.
Grün.
Was ich für die Farbe des Todes hielt,
ist die Farbe der Hoffnung."

Heinz

Luise

Dirk

Greta

Tom

Baron Omjosten

Ich möchte mich bei allen Bedanken, die mir bei diesem Buch mit Rat und Tat zur Seite standen. Meiner Frau, die mir immer die nötige Zeit zum schreiben gab und mich ab und zu daran erinnerte, wofür ein Bett da ist. Melanie möchte ich dafür danken, dass sie mich mit ihren Telefonaten immer wieder aufgebaut hat und auch in schweren Zeiten für mich da war. Außerdem hat sie dieses Buch zur Korrektur gelesen und mich auf wichtige Dinge aufmerksam gemacht. Meinen Freunden und Kollegen im Kindergarten möchte ich auch sehr danken. Ihr habt mich zum Schreiben motiviert und mir auch genug Freiraum gegeben, damit ich frei arbeiten konnte.